KB168837

날마다 즐거운 날

날마다 즐거운 날

초판 인쇄 · 2019년 4월 10일
초판 발행 · 2019년 4월 30일

지은이 | 지현경
펴낸이 | 서영애
펴낸곳 | 대양미디어

출판등록 2004년 11월 제 2-4058호
04559 서울시 중구 퇴계로45길 22-6(일호빌딩) 602호
전화 | (02)2276-0078
팩스 | (02)2267-7888

ISBN 979-11-6072-046-4 03810
값 13,000원

＊지은이와 협의에 의해 인지는 생략합니다.
＊잘못된 책은 교환해 드립니다.

이 도서의 국립중앙도서관 출판예정도서목록(CIP)은 서지정보유통지원시스템 홈페이지
(http://seoji.nl.go.kr)와 국가자료공동목록시스템(http://www.nl.go.kr/kolisnet)에서
이용하실 수 있습니다.(CIP제어번호 : CIP2019013106)

날마다 즐거운 날

지현경 두 번째 산문집

대양미디어

날마다 즐거운 날

꽃구경 할 때마다 마음이 즐겁고
술 한 잔 마실 때마다 친구들이 보인다.
깔꾸막 깔꼬막이 나를 부를 때는
숨이 차오르니 산골짜기 물소리가 몸을 풀어줬다.
삶의 언저리에 회심 뒤적거리니
이제 나도 때가 와서 고향 찾는구나.
대양미디어 서영애 대표님이 고향 선산 챙기는 모습에
감동해 버렸다.
오늘은 옥상에 글쟁이들이 모여서
담아온 문장 속에는 노동자 아픈 글씨는 한 마디도 없고
금수저들 추억들만 바가지가 넘쳐버린다.
늘그막에 요것저것 담아둔 가마니 풀어놓고
글쟁이도 한방 쏴주고 국회의원님들도 한방 놔버리니

속이다 시원하다.

사는 것이 모두 다 웃음보따리라

이것도 저것도 돌아보니

생각대로 따라오네.

천지가 변해도 못 가볼 곳인 줄 알았는데

남북 거리 636㎞ 바이칼(자연)호수라

몸이 두둥실 뜨는 것만 같다.

이슬비는 촉촉하게 머리를 적시고 뱃머리에 홀로 서서

내가 여기 왔노라 —

오민우 선생님이 작곡하신 노래

갈대의 순정을 구수하게 불렀다.

호수 물도 한 잔 강가에다 떠놓고 우리 모두 건강하고

평화로운 대한민국

무궁한 발전 위해 기도드리고
마시던 그윽한 물 향기는 누구하고도 나눌 수가 없었다.
오다가 러시아산 옥돌 술잔 6개 사들고 와
친구들과 벨루가 보드카 술 한 잔씩 따라주니
기쁨이 73년을 묶어버렸다.
무엇이든지 나눠주면 기쁨이라
또까레스키 등대도 박수를 친다.
인생은 이렇게 사는 것이여.
우리가 이렇게 살고 있는 것이 아닌가!
짧은 인생 긴 여운으로 이름 남기고 사는 그날까지
등불 켜놓으면 날마다 즐거운 날 아닌가.
고운 목소리도 길 위에 남겨두고 주머니 털어서
어려운 사람 도와주면 즐거운 삶이 아닌가 말일세.

양손에 쥐고 감추지 말고 목을 세우고 휘두르지 말고
내려놓으면 가벼운 것을 모르는가?
무거우면 배를 타고 가벼우면 비행기를 타지
다 내려놓으면 흰 구름 타고 우주로 떠난다네.
미래는 우주도 우리들 것이니 말일세!
말 못할 사연 가슴에다 태우면 병이 되니 다 버리고
못 다한 일 남겨두면 다음 세대가 두 겹 쌓아두고
우리가 그렇게 사는 것이라네. 우리들이 말일세.

2019년 3월
지현경

차 례

제1부

까치와
인연

바보들

한정하네 그 사람
정도도 모르고
애써서 말을 해도 듣지 않아서
금덩이를 갈라보니
테두리만 금이었다.
섭섭해도 할 수 없어
진짜 다시 말을 해도
성공을 못하였으니
준대로 거두리라 그 때 그 사람.

* H. K. J. : 일꾼들

L 70대 전단장이

기무사 사건에 관하여 물었다.

답글. 지현경

그런 일이 바로 정치라 하는 것입니다.

당대에 참모를 잘못 쓰면 그러한 일을 저지르지요.

해서는 안 될 일입니다.

과거(박정희) 정부에나 할 짓이요.

그때도 민주화 운동 하신 분들을 너무나 억압하고

탄압한 게 문제였지요.

어느 정부도 반동분자들은 있기 마련입니다.

그러나 권력욕에 눈이 멀어서입니다.

정도로 정치를 하면 열 번을 해도 문제가 안 됩니다.

주변을 살펴봐도 도둑질하는 놈들이 더 해먹을려고

하질 않습니까.

이와 같아서 정권을 쥐고 남용하기에 최후가 지옥이지요.

없는 말 만들어서 세뇌교육 시키고

나라를 어지럽게 합니다.

요즘 세월호가 다시 문제가 되는 것도 속임수라 하질

않았습니까.

제가 처음부터 이 사건은 꾸며낸 것이라고 했지요.

내 자식을 물속에 수장해버리고 하겠습니까?
인간들이 이렇게 악독하기 때문입니다.
세월호는 기무사가 관리운영하고 있지요.
처음에는 속초고등학교에서 140여명이 계약되어
있었습니다.
그런데 며칠 앞두고 단원고등학교 300여명을 승선시키고
속초고등학교 학생들을 뺀 것입니다.
얼마나 기가 막힐 노릇입니까.
피 끓는 젊은 학생들을 수장해놓고 유디티
군인들이 와 있어도 구해내지 못하게 했으니
관련자들을 낱낱이 찾아내서 화형을 시켜야 합니다.
7시간 동안 P와 K이입니다.
이 말을 하는 자는 K이입니다.
이자를 잡아다 화형 시켜야 합니다.
그 죗값을 저도 받고 있지요.
유신법 집필해서 박정희를 죽이고
이제는 P까지 잡아가뒀으니
천벌을 받아야 마땅합니다.
그뿐만 아닙니다.

서해안 유조선 사건도 꾸며낸 사건입니다.
그날 유조선은 정량 기름을 싣고
저유소에 저장코자 정박 중이었습니다.
그러나 배가 다행히 폭파되질 않았지요.
예인선 2대가 2㎞ 전방에서 대형 크레인을
끌고 유조선 쪽으로 갑니다.
그 날 파도는 3.7m였습니다.
예인선 밧줄이 강철 밧줄입니다.
끊어지면 보조 줄이 또 있습니다.
그런데도 줄을 끊고 크레인을 정조준해서
충돌하도록 방향까지 잡아주고 도망갑니다.
서해안은 조용했습니다.
물이 빠져나가고 있었습니다.
물살이 얼마나 빠른지
웬만한 작은 배는 밀리고 맙니다.
이 시점에 크레인을 끌고 갑니다.
얼마나 무뢰한 짓들입니까.
정치를 잘 하려고 해야지
그런 쇼를 벌여서 국민들을 속이니

나라가 바르게 가겠습니까.
지금도 유조선 사건은 손도 안대고 있습니다.
이런 판국에 기무사가 위수령이니
계엄령이니 하는 것은
아직도 민정단 시절을 못 잊고 있습니다.

꾼 들

오다가다 다 주워 먹고
쉬었다가 또 먹고
상한 것도 주워 먹고
성한 것도 받아먹고
먹다보니 질이 나서
이것저것 퍼먹었다.
도둑놈을 세운 놈도
같이 먹은 놈들이다.
이놈 갈 때 함께 싸서
무대기로 보내주자.
때가 온다 그놈 갈 날
여기저기 소리 난다.
두고 보자 얼마 가나
그놈 도운 협잡꾼들
강서에는 해가 져서
어둠 속이 안 보인다.
온다온다 다가온다.
끝날 날이 다가온다.
추종자도 사장님도

간신 짓들 그만두게
옛날 우리 그 정으로
웃음 웃던 그날 오리
정정당당 밝은 정신
세상살이 맑아오네.
자리 잡고 터를 닦아
방석 펼쳐 차려놓으니
날아오는 그놈들이
이곳저곳 차지하네.
기도 못쓴 깃대 들고
땀만 흘린 야당시절
최루탄도 모른 것들
탄압인들 알겠는가.
오라 가라 끌려가도
말 한마디 못한 것들
민주주의 불꽃보고
너도나도 행세하네!

K 의원님!

용서는 하나님께서 하십니다.

인간들은 자격이 없지요.

사람도 색깔이 있나요?

우정에도 무게가 있나요?

알 수 없는 것이 우리들의 마음인 것 같습니다.

조석으로 변하는 것이 사람들의 마음인데

나는 어찌 그러질 못합니다.

용서는 사랑에서 나온다고 하였습니다.

거짓말로 사랑이고 사기 쳐도 사랑이고

용서하면 된다 하시니

우리가 이렇게들 살아가고 있습니다.

하루하루를 연명하면서 아니면 말고 하는 요지경 속에서

그러나 나는 그렇게 살지 못합니다.

걸림 없이 사는 것이 잘 사는 것이라고 생각합니다.

턱 깨진 그릇을 보고도 온전하게 보십니까?

아니면 말고 신앙정신으로 보십니까?

깨진 그릇은 깨진 그대로입니다.

고쳐도 깨진 그릇입니다.

조석으로 둘러대고 거짓말을 생활화하는 그런 사람을

용서한들 되겠습니까?

내가 부끄럽습니다.

내가 고집부리고 있습니다.

사과 받아라 또 받아라 하시니 말입니다.

화해할 일이 아닙니다.

용서할 일이 아닙니다.

지금도 N이나 P이가 나와

만난 일도 없고 그런 말 한 적도 없다는데

내가 귀신들려서 수협2층 털보네 식당에 가서

I 부회장과 N 구청장

P 여사 P 간호사 그리고 나와

5명이서 소맥 말아서 함께 마셨습니까?

이자들이 그놈들인데

그런 일 없다,

만난 적도 없다,

그런 말 한 적도 없다,

그러고 다니는데

내가 등록을 다 마쳤다고 하니

P이가 고문님 노망했소?

농담으로 한말을 가지고 그래요.
강○구가 그런데 초등학교 밖에 안 나온
사람이 어떻게 구청장을 해요라고 합디다.
4년 구의원 활동 중에 내가 구정질의를 하면 1,400명
대표가 답변을 못해 의회가 중단사태가 되었는데
누가 더 무식한 사람입니까?
아무것도 모른 자가 지금까지 구청장을 하고 있는데
이렇게 비웃고 비판하는 년을
K 의원은 몇 번씩 사과 받고 풀라하시니
알다가도 모르겠습니다.
벌써 사람답지 못해 사고 칠 사람인 것을
아는데 그런 여자를 만나라 하십니까?
두 사람 사이는 가까운지 모르나
나는 그런 사람 아니어도 더 좋은 친구들이 있습니다.
우리가 살아가는 길에 이렇게 속이고
속고 살아야 합니까?
예수님도 그런 사람을 가까이 하지 말라고 하셨습니다.

삼복더위

초복 중복 말복
폭염의 삼형제가 기세등등하다.
냉커피와 냉면집엔 줄을 서서 기다리는데
수박 참외 복숭아는 폭염 먹고 배를 채운다.
여름에 만난 친구들끼리 경매장을 독점하고
냉장고를 피서지로 저희들끼리 독차지한다.
잘생긴 놈은 강남으로 못생긴 놈은 강서구로
똑같이 폭염 먹고 못생겼다고 강서구로 가라고 하니
일당이 안 나오네.
사람도 과일도 잘 생겨야 대접을
받는다니!

우리가 주인공입니다

고를 것도 없고 가릴 것도 없고 웬만하면 된다
하시던 옛 어르신들의 말씀이다.
우리들이 살아가는 미덕이 아닐까?
사람들이 살아가는데 어우러져 그 속에 들면
아무런 지장 없이 살아갈 수가 있다.
계급도 등급도 차별 없는 평범한 삶이
얼마나 편하고 행복합니까?
서민들 속에 파묻혀 함께 살면
그것이야말로 사람들이 살아가는
진정한 냄새가 아닌가요?
만나면 대화 속에서 너와 내가 즐거움을 찾고
웃으며 보내는 시간들이 행복합니다.
재벌들은 돈에 묶여 살고 높은 벼슬아치는
시간 속에 갇히고 군인들은 목숨을 내걸고 살아갑니다.
그저 우리들은 아등바등 하지 않고 우리 스스로가
즐거운 시간을 만들어 가면 서로가
나누는 사랑과 시간을 만들어 갑니다.
그래서 행복합니다.
그 주인공이 바로 오늘 자리를 빛내 주신 여러분들입니다.
고맙습니다. 감사합니다. 내일 또 만납시다.

까치와 인연

기억들을 하나둘씩 찾아본다.
어린 시절 고향집 앞동산에 까치가 날아들어
까 — 아 까 — 아 울었다.
아버지가 늘상 말씀하셨다.
아침에 까치가 울면 좋은 일이 있단다 말씀을 하셨다.
우리 동네 가옥들이 하나둘씩 텅 비어
까치들도 다 떠나버렸다.
1988년 아버지도 추석 뒷날 돌아가셨다.
그 해 가을이었다.
아버지가 다니시던 길목 사립문 앞 소나무 위에
까치가 찾아와서 집을 지었다.
참으로 신기했다.
아마도 아버지 넋이 아닌가 생각했다.
한두 해 살다가 집을 헐고 또 떠나버렸다.
무척 그리웠다.
해마다 제사 때가 되면 고향에 내려가 바라보던
까치집이었다.
어느새 세월이 가고 잊은 지 오래인데 또 이변이 일어났다.
2010년 봄 양천구 신정4동 N 전 장관님 자택 마당에 모셔두었던 반가사유상 석불을 나에게 주셨다.

나는 즉시 우리 집 마당에다 모셔두었다.

N 전 장관님 자택 정원 백목련 밑에 모셔두었던

반가사유상 불상이었다.

백목련이 활짝 필 때 그 나무 위에다가 까치가

집을 짓고 알을 깠다.

N 장관님이 나를 부르셨다.

참으로 신기했다.

둘이 앉아서 차를 마시며 지난날 나의 아버지 이야기를

전해드렸다.

오랜 세월 반가사유상을 모시다가 떠나보내니 똑같이

이변이 또 왔다.

저와 깊은 인연이 있나봅니다 라고 하셨다.

한해를 살다가 살던 집을 허물고 떠나버렸다.

참으로 귀신이 곡할 노릇이었다.

다음해 나는 옻닭 먹고 사고가 나서 3달 동안

5개 대학병원을 돌아 죽다가 다시 살아났다.

(2015년 의료사고로 ① 홍익병원 사고로 ② 이대목동병원에서 살려내고 ③
삼성병원 ④ 한강성심병원 ⑤ 여의도성모병원을 경유해 퇴원하였다. 재활
중에는 15일이 되면 퇴원시켰다.)

집에 돌아와 우리 상가 호경빌딩 옥상정원을 꾸몄다.

그때 또 다시 까치들이 우리 옥상에 모여들었다.

매일 만나던 까치가 요즘 폭염으로 보이질 않는다.

어찌된 일일까 걱정이 앞선다.

2018년 8월 여름날 무사하기를 바란다.

가을이 왔다.

까치가 옥상정원 또 찾아왔다.

오늘은 까치가 잘 먹는 음식들을 옥상 정원에

갖다 놓고 유리창 밖으로 바라본다.

까치 한 쌍이 날아와

날마다 내 마음을 기쁘게 해주니 즐겁다.

독방 지킴이

멀고도 가까운 곳에 친구들이 계시네.
오늘은 어찌 얼굴이 보이질 않는구나.
날마다 보던 얼굴인데 그림자도 없으니
온종일 기다리다가 오후 6시가 넘어버렸다.
냉방 찬 기운은 꽉꽉 돌려놓고 기다리는데도
님들은 나 몰라라 관심조차 없으니 말이여.
공간을 홀로 지키다가 누워서 뉴스와 씨름하고
김두관 장관님 독일 기행문도 열심히 들여다보다가
눈이 흐려지는지 나이 때문인지 볼 수가 없었다.
어둡기 전에 터벅터벅
집으로 들어왔더니
마누라 하는 말이 오늘은 웬일이요?
밥 먹으로 왔소?
이상해 보였나 봅니다.
아무도 오지 않는 독방 지킴이라 미련도하지
지나간 시간 내 발걸음 돌아보니 처량도 하다.
일 년에 꼭 한두 번은 이런 날도 있었지!

모기의 그림자

모기도 그림자가 있다.
초유기체들 삶이란 얼마나 가련한가.
세상에 빛을 보고 한 시대에 태어났다.
목숨은 너나 나나 똑같이 소중하다.
살기 위해 날고 배를 채우기 위해 피를 뺀다.
생명의 존엄성은 똑같이 귀중한데
몸짓이 작다고 깔아보는구나.
햇빛 보면 작은 눈이 어두워지고
별빛 보면 작은 눈이 크게 떠진다.
낮에는 사람들이 열심히 일을 하고
밤에는 모기들이 열심히 활동한다.
낮과 밤을 서로가 나뉘어 살다보니
밝아오는 햇빛 피해 방안으로 들어왔다.
은신처가 벽뿐이라 달싹 붙어 쉬었더니
주인장이 들어와서 전깃불을 켜버린다.
전기모기채 들고서 구석구석을 뒤진다.
제 아무리 작은 몸이지만 그림자가 크게 드리우니
그 놈의 전깃불이 모기를 잡아가는구나.
일 년도 못살고 세상을 하직하니
남겨놓은 알들이 내 뒤를 또 이어가겠지!

강서가 무너진다

서울 장안에 쓰레기가 밀려온다.
건물더미가 불에 탄다.
이것을 재난이라고들 한다.
재난은 사람들이 만든다.
지나간 뒤에 남는 것은 아무것도 없다.
한강이 주저앉고 있다.
썩은 물들이 판을 치기 때문이다.
날뛰는 지사도 그놈이고 추잡한 지사도 그놈이고
드루킹 그놈도 그놈이다.
어지럽다 고개 숙이면 야당들이 고개 든다.
첨예한 국제정세를 망치는 놈들 그놈들
집 안팎이 개판이라 될 일도 안 된다.
여기저기 썩은 자들이 사고만 치고 다닌다.
잘라내지 못하여 내려앉는 더불어당
90% 인기 좋을 때 물갈이를 못하더니
썩은 머리 썩은 생각들이 문재인 대통령을 죽인다.
나라가 잘 되려면 신하가 깨끗하다.
도둑들이 먹는 떡은 배탈이 나는 법
뒤섞인 잡돌들이 이념도 달라서

옥돌도 찾지 못하여 잡돌들이 판을 친다.
강서의 금배지들이 강서를 잘 몰라
의원이라고 행세하니 한숨이 나오는구나.
발밑에 썩은 물은 밟지도 않는 자들이
닦아놓은 민주당 터에 자리 잡고 앉아서
큰소리치며 두목이라고 의원행세 하는구나.
보고 듣고 아는 것 아무것도 없으니
저만 살고 보자 하니
강서가 살겠는가.
정신 차려 들어보소 62만 얼굴들을
껍다구들이 날아와서 안방주인 노릇하는 짓을
구민들이 통곡하는데 눈과 귀도 없구나!

천사들

당신이 천사입니다.
숨 쉬고 움직이고 먹고 싸고 걸으면서 생각하고
말을 한다.
천지 안에 태어나서 신세를 지고 살아간다.
바르게 정직하게 피해주지 않고 왔다가 갈 때까지
이렇게 살라했다.
수많은 생각들을 지니고 태어났다.
서로가 사랑하고 나누면서 베풀고
가르쳐주고 들어다 줄 때 그 마음 그 사람이
천사입니다.
숨기고 거짓말하고 속이고 등을 치며 깔보고 차별하는
사람들 가슴속에 구정물이 잔뜩 들어 있다.
날마다 만나고 어우러져 사는 세상 사람들
기쁨주고 베풀면서
사는 그 사람이 천사입니다.
오늘도 즐겁게 내일도 건강하게
날마다 사랑합시다.

공 인

나라가 잘 되려면 공인들이 정직해야 한다.
나라의 급여 받고 올바르지 않은 사람들
똑같이 병이 들고 오래 살지 못한다.
국민의 세금으로 살아온 그들에게
만민들의 기운이 악귀순귀로 나뉘어준다.
백성들이 믿고 뽑은 공직자들이
속이고 빼먹은 놈은 큰 병에 죽고
작게 먹은 놈은 작은 병에 고생한다.
본성이 바른 사람은 한 푼도 못 먹는데
부정 비리 저지른 놈들은
부모가 가르친 유전병이다.

김대중 대통령님

하늘아래 사람들이 선하게 살고 있습니다.
농부도 상인도 공인도 선하게 살고 있습니다.
조용한 세상 평화로워 선하게 살고 있습니다.
하늘이 내리신 고 김대중 대통령님
백성들이 은혜입어 선하게 살고 있습니다.
님은 가셨지만 나라가 평화로워
만백성들 즐거워라 오늘도 행복합니다.
고 김대중 대통령님!
편안하시옵소서!
극락왕생 하시옵소서!

박호 스님 법사란?

팔만대장경을 읽고 쓰고 외운다 해서
법사가 아니고 술 한 잔 고픈 사람
술 한 잔 사드리는 것이
법사가 아닙니까?

철 잃은 시간

영글어가는 가을 힘이 넘치는 가을 세상이 내 것인 양
들로 산으로 뛰어다니던 시절도 멀어지고
한여름 폭염도 견디었던 나뭇잎도 가을 문턱에서
똘똘 말려 떨어지니 한 시대 우리내 인생과 함께한
친구들입니다.
세상에 태어나서 태양을 보고 푸른 떡잎 자라나서
사람들에게 나누어 주는 채소들도 고맙고 감사하다.
날마다 즐거운 날 아껴가며 세상에 없는 기쁨도
만들어서 주고 받고 나누며 갑시다.

K 공정위 위원장님

썩어도 썩어도 이렇게 썩었을까
K 위원장님이 공정위 두목이다.
망해간다 망해간다 나라가 망해간다.
도둑들을 뽑아 쓰니 부정부패로 썩어간다.
제사상 지킨 고양이는 제삿밥이나 조금 먹지만
공직자가 먹는 돈은 나라가 거덜 난다.
더불어민주당이 집권여당이 맞는가
경험도 없는 사람들이 나라 일을 한다고
청와대에 틀어박혀 봉급만 축낸다.
빽 쓰고 취직한 놈들 잡아내더니
그 자리에 자기사람으로 바꿔 넣고서
줄줄이 해먹다가 들통 난 공정위들
이것이 여당인가 이것이 나라인가?
참모들은 경험부족 국회의원들은 자질부족
시장군수 능력부족 아는 것이 무엇인가?
여당이 야당 되고 야당이 여당 되어도
그놈도 그놈이고 이놈도 그놈이다.

무자비한 솔릭

가던 길 멈춰서니 애초들이 모여산다.
나팔꽃도 제비꽃도 이름 모를 친구들도
군락을 이루며 아침 이슬을 먹는구나.
길 가던 나그네 발길 머뭇거리는데
어디선가 먹구름이 하늘을 뒤덮는다.
비바람 몰아치고 사방이 어둠이라
조용하던 애초들이 소란해진다.
평화롭던 이웃들이 태풍에 휩쓸려가고
무너진 흙더미가 뿌리마저 뽑아버린다.
가녀린 애초들이 풍비박산 헤어지니
언제 또 만나볼지 기약이 없구나.

H 의원님·1

잘나간 님이라고
뻐기지들 말아라
떨어지면 그 마음
내 마음 알 것이다.
권력위에 앉은 사람
국회의원 그 사람들
위원장 때 잘해
후회하지 말고
힘 있을 때 잘해
후회하지 말고
잘 나갈 때 잘해
돌아서면 그만이야.

H 의원님·2

의원님 의원님
잘나간 의원님
돌아온 선거날
다시 나오시면
의원님 의원님
땡 잡았다네요.
큰 종소리 나면
큰 일꾼 되고
작은 종소리는
땡친다 하네요.
의원님 의원님
H 의원님
가는 곳곳마다
의원님 소리에
염창동 종소리
H 뿐이네요!

H 의원님 · 3

국감에서 "예, 아니오"라고 대답만하세요?
국감에서 답해야 할 사람이 진짜가 있다.
얼마나 먹었느냐고?
대답 않는 그 사람 만병에 시달린다.
마음이 편하지 않으니까!

청렴한 사람들

맑은 마음 밝은 세상 우리가 만듭시다.
청렴한 공직자가 강서를 만듭니다.
어둠속에서 주고받고 챙기는 자들은
나라를 망치고 자신도 병이 든다.
많이 먹는 놈은 중병으로 가고
적게 먹는 놈은 몸살감기로 간다.
그 돈 못쓰고 앓다가 저 세상으로 떠난다.

S 국회의원님

고향 향우들은 항상 함께 합니다.
강서에 오시면 고문님들과 자리를 함께 합시다.
오셨다 가도 모르고 만나볼 기회도 없으니
의원님은 먼 향우란 생각이 듭니다.
지나가는 낯모른 사람도 인사를 하고 지냅니다.
가까운 것도 내 마음이요,
정주는 것도 내 마음이요,
친해진 것도 내 마음입니다.
강서에 오시면 한마디 들으세요.
높은 자리에 가려거든
낮은 자리에 앉아보세요.

L 고문님

촉촉하게 비가 내립니다.
긴 세월 선한 목자로 살아오시면서
잠깐 몸이 진동하셨습니다.
가느다란 우리들의 생명을 잘 보존해 오시다가
긴 여름 폭염이 몸을 흔들어 놓았습니다.
고문님의 변화를 벌써 감지하였습니다.
내가 띄웠던 글속에 담겨져 있었습니다.
"왜, 누가?"
평소에 보지 못했던 모습을 보고 알았습니다.
이 양반이! 왜 이런 말씀을!
작은 파도에도 배가 흔들거립니다.
뱃멀미가 납니다.
80세 L 고문님
잠시 왔다간 순간을 돌아보시고
혹여라도 깊은 생각이 잠재해 있으시면 버리세요.
작은 걱정과 고민도 이상 징후로 나타납니다.
편안한 마음으로 건강하게 살아갑시다.
고문님 어제의 그 모습으로 자주 만나고 즐겁게
웃으면서 살아갑시다.

담아둔 티끌들 다 버리시고 남은 시계바늘
바라보며 기쁜 마음으로 서로 나누면서
즐겁게 살아갑시다. 고문님 건강을 빕니다.

늙지 않는 비결

먹는 것도 고루고루 잘도 먹어서 늙지 않고
고생 고생하는 것도 편안해져서 늙지 않고
보고 듣고 즐기는 것도 많아져서 늙지 않고
그 보다 중한 것은 체온유지가 늙지 않네.

제 2 부
저무는
그림자

비 오는 밤에

귓가에서 실오라기 소리가
모기 접근한 소리였다.
피부를 살짝살짝 건드는 놈도 모기들이었다.
언제 왔다 갔는지 여기저기 우물을 파놓고 갔다.
어언 세월 귓가에 모기소리
멀어진지 오래이고
부실해진 살갗도 모기들의 만찬장 되었네.
행사장 여기저기가 시추공 현장이 되었다.
나이든 나그네
지친 몸인 줄 알고
호랑이가 사라졌으니
모기 때가 달겨드는구나.

월

오늘도 일찍 나와 발산초등학교에서
질퍽거린 운동장을 돌고 있는 그 사람
보슬비는 나비처럼 소리 없이 내리고
돌다가 외로워서 발산식당에 앉아 있네.
행여나 누가 올까 기다리는데 주인님이
월 한 병 들고 와서 마시라고 권하니
더더욱 쓸쓸함이 마음을 울린다.

회장들

정체성도 이념도 등을 지고 살던 이들이
왔다 갔다 하다가 자리 잡고 웃고 있다.
야당시절에는 반대만하고 여당 되더니 회장을 한다.
나눠먹고 앉아 있으니 그 머리가 그 머리다.
이나 저나 따지고 보면 더불어당의
분신들이 아닌가.

폭 우

넘치는 물이 폭우라서
모두가 피해는 없는지요?
큰물로 쓸려갔는지 걱정이 된다.
K 선생님만 전화가 왔다.
잘 있다는 소식 들으니 안심된다.
다른 분들은 물과 싸우는지
소식들이 없네요.
500㎜ 물 폭탄도 못 이긴 사람들이
70고개는 어찌 넘어 살아오셨을까
신기하네
신기해요!

삶의 길

하루 품삯 열얼노동 백년을 살아도
정해진 일자리라 변한 게 없다.
태어날 땐 근수도 거기서 거기였는데
너는 강남구로 나는 강서구로
발길도 다르구나.
나는 차디찬 밥 한술로 출근길 재촉하고
너는 따뜻한 만찬 들고 외제 구두 외제 자동차로
가슴은 차가운데 출근을 하는구나.
돌아가는 팬벨트는 쉴 새 없이 재촉하고
손과 발이 따라가니 오줌 눌 시간도 없다.
종이 글씨 몇 자 쓰고 합격증 하나 들고
평생토록 울궈먹는 차별 직업이 가소롭다.
너나 나나 아는 것은 백지장 차이다.
나올 때는 크고 작고 차이도 없었다.
살다보니 나뉘어진 인생길이라
날으는 여객기와 같구나.
누구는 여행을 가고 누구는 돈 벌러 가니
사는 것이 무엇이길래
하루 품삯도 다르단 말인가!

철없는 중늙은이

양복 들고 나온 지가 3시간이나 지났네
주인님은 오시질 않고 새 양복만 기다린다.
선선한 가을바람은 세월을 재촉한데
철없는 중늙은이는 장인 기일도 잊었구나.
마누라 혼자서 제사 모시러 처갓집 내려가고
먼저 나온 사장님만 눈이 빠지게 기다린다!

＊ 사랑을 아끼지 않으셨던 필자의 장인 제사에

저무는 그림자

저 멀리 걸려있는 저 그림이 누구인고
가까이 다가서니 젊은 시절 나의 얼굴이었다.
저 멀리 걸어간 저 사람 뒤에 따라가는
사람은 누구인고
가까이 다가가니 그 사람 그림자였다.
돌아서서 멀그머니 생각해보니
내 자신이 왜 이리 됐나
가는 세월을 붙들고 원망해본들
아무도 대답이 없구나.

보해소주 향수

삼학도 갈무리지니
보해도 흰 구름 뜨네.
잎새주 강서에 피니
호남주 한 잔 마시고
강서구 호남향우들
고향 술 한 잔 마셨네.
흘러간 군사정부에
짓밟힌 보해소주가
죽다가 다시 살아서
최고의 잎새주 되어
나라의 명품소주로
국민들 사랑받는다.

돌고 도는 인생

간혀진 서울에서 온갖 노력을 다 해본다.
멀리 보이는 만큼 내 영역에서 부지런히 살아왔다.
비가 오면 우산을 쓰고 햇볕이 쬐면 양산을 쓰고
이슬비 한 줄금 정원에 뿌려주면 가슴 벅찼다.
진눈깨비 사뿐사뿐 감잎 건드릴 땐
외롭고 쓸쓸한 마음 옛날 생각이 떠오른다.
푸른 잔디 이대로가 나는 좋은데
겨울친구 찾아와 하얀 이불 덮어놓고 가면
파란풀잎 노랑꽃도 저물어 떨어진다.
시간이라는 놈은 눈치도 없이 싸게 싸게 달려가고
생선 실은 자동차도 숨이 차게
뒤를 쫓는다.
돌고 도는 우리네 인생살이도
이들과 함께 따라간다.

보해 잎새주

할아버지 보해주가 돈 벌로 나가더니
오랜 세월 지나니 잎새주가 되었다.
세상살이 나라가 시끄러워
호남술이라고 외면당했다.
한 세월 보내다가
김대중 노무현 문재인 대통령까지
임금님이 되시니 서울까지 올라왔다.
천대받던 술이지만 마셔보니 이 맛이야.
서울 사람들 마셔보소 참말로 술맛 좋네.
이 좋은 잎새주를 왜 그리도 몰라주요
대한민국에서 제일 좋은 잎새주 한 잔 마셔보소.
천하에 제일 맛좋은 호남의 명주 잎새주라
미국 땅에서도 잎새주가 판을 친다네.

버려진 엄마손

K 선생님의 손때 묻은 글씨를 뒤적뒤적 읽어본다.
옛것들이 더덕더덕 겹겹이 붙어 있다.
구석방 한 귀퉁이에 쌓아둔 묵은 책들이
짬짬이 홀로앉아 뒤적이는데
K 선생님 함자가 손에 잡혔다.
잠깐 몇 장 살피던 중에 흙손 엄마 이야기였다.
선생님의 가슴에서 따뜻한
가르침들이 들어 있었다.
사람도 책도 관리하고 가꾸면
예뻐지고 베스트셀러가 된다고 하셨다.
미워하고 내버리면 천박하고
폐기물이 되고 말 것이다.
선생님의 주옥같은 말씀들이
천년을 가도 벗이 되어
어린이들이 가는 곳마다
등불이 될 것입니다.

허 공

텅 빈 머리에 잠긴 열쇠가 잠을 잔다.
아무 생각 없이 눈을 뜨고 감고
껌벅껌벅 정지된 머리다.
떠오르지 않고 무작정 가는대로 가고 있다.
0.2시 명상도 멈추고 기억도 정지해버렸다.
아무 생각 없이 밟으며 질퍽질퍽 헤쳐 간다.
절규와 환상이다.
두 갈래 허공을 떠다닌다.
무언 속에서 하늘을 날으며 헤맨다.
0.3 긴 시간이다.
고요한 밤이 새 길을 찾는다.
동창이 밝아오고 있다.
찬란한 빛으로 단장하고 다가오고 있다.
깊은 어둠은 세포를 건드린다.
새벽을 걷어차고 일어나라고!

구절초

길가에 심어둔 구절초 사열들
무더운 여름 참아내고 꽃대 올려놓았다.
시원한 가을바람이 시도 때도 없이 찾아와서
예쁜 구절초 꽃망울을 흔들어 깨운다.
하얀 꽃잎 살랑살랑 벌 나비 부르고
꽃 봉우리 만지면 국화향기 풍긴다.
청순한 백옥 잎이 한들한들 춤을 추면
그 모습 두 얼굴로 화선지에다 그린다.

두 길

강한 바람에 나무가 흔들리고 있다.
강한 교육에 큰 인물이 탄생을 했다.
바람과 교육은 무엇이 다른가?
강한 바람에는 나무 가지가 부러지고
강한 교육에는 큰 인물이 탄생한다.
부러진 나뭇가지는 불쏘시기로 사용하고
등용된 인물은 권력 쥐고 휘두른다.
두 가지 힘을 모으면 무엇이 될까?
우리가 사는 것이 이런 것 아닌가 말하네!

불빛은 더 밝은데

바람에 가물가물 초꼬지불이 깜박거린다.
석유 등잔불아래 글을 읽던 어린 시절의 그 친구
한 글자 읽고 쓰고 두 글자는 불빛 따라 가물거린다.
읽고 쓰고 또 보고 지우개로 지웠다가 썼다가
읽고 쓰던 그 등잔불 떠난 자리에
밝은 전기불이 들어와서 자리를 잡았다.
환한 불빛아래 글줄 찾아 따라가면
어느새 스르르 선잠이 들어버린다.
밤을 새며 노래하던 귀뚜라미와 여치가
선잠 깨우면서 창호지 창문도 깨운다.
읽고 쓰고 또 보고 지우개로
지우던 그 친구
석유 등잔불 꺼진 자리에 불빛은 더 밝은데
세월 가니 어찌하여 그대 눈도 가물가물 하는가.

고향이 그리워

뻐꾹새와 수꿍새가 우리 집 앞에서 살았다.
봄이 오면 뻐꾸기는 구성지게 울어대고
날굿이 하면 수꿍새가 쓸쓸하게 울어댔다.
못자리판에 씨나락 뿌리고 물 잡아 모 키울 땐
뻐꾸기도 수꿍새도 밤늦도록 동무해줬다.
터벅터벅 지친 몸으로 바지게 지고 집으로 가면
삽자루 한 개 괭이 한 개도 짐이라고 무겁더라.
이런저런 고생살이 무엇이 좋아 사는 건가?
희망도 절망도 보이지 않던 시골 살이
팽개치고 달아나서 천릿길 서울로 올라가니
차디찬 얼굴들만 빠른 걸음으로 왔다 갔다 하더라.
먹고살기가 어려울 때라 얼굴들마다 차가웠다.
살겠다고 찾아가서 불알친구 만나보니
절규가 따로 없더라 희망이 절망이었다.
서울을 왜 왔나 되돌아 갈 수도 없더라.
하늘만 쳐다보고 별들만 바라봤다.
8월 20일 지났어도 올라올 때가 생각이 난다.
이 고생하려고 서울을 왜 왔던가.
돌아보니 긴긴 세월 후회한들 무엇하랴.

가는 세월 오는 세상 사는 대로 살아가세.
살만큼 살았으니 남은여생도 즐겁게
보람되게 살아보세 베풀면서 살아가세.

지현경의 말

잘 풀린 사람들은 어제 자신을 모르고
나 자신을 아는 자는 성공할 것이다.
사람을 가린 자는 됨됨이를 봐야 한다.
그를 모르면 망신을 당한다.
욕심 많은 사람은 병을 부른다.
마음 가운데 화가 차기 때문이다.
양면을 비워두면 행복한 사람이다.
사람들 중에 사람이 있고
사람들 속에 군자가 있다.
양면을 아는 자가 군자인 것이다.

한 잔 술

열기가 왕성했던 땡볕 힘은 저물고
소슬바람이 겨드랑이를 파고든다.
놀다 가자해도 세월은 나를 부르고
발걸음이 흔들거리니 세월은 나를 놔주지 않는다.
남겨둔 술잔 한 잔 더 들이키고 나면
오라는 세월도 잠을 자며 기다린다.
석 잔만 입가심으로 더하고 가자하니
그 술 덜 마시면
10년이 더 젊어진다 하네!

선술집 술잔

왁자지껄 술잔들이 시간가는 줄 모른다.
선술집 문 마담이 분주해진다.
전복갈비찜 솜씨가 일품이다.
먼저 오신 Y 고문님이 선물을 슬쩍 내놓으셨다.
옷을 활짝 벗기고 나서 알몸뚱이를 까보니
조니워커 블루였다.
술과 안주가 궁합이 똑 떨어지는 셈이다.
양주 앞에 소주잔이 끼어드니 창피하다.
어쩔 수 없어
한 잔씩 돌리고 나서
우리는 즐겁다 건배사로 외쳤다.
갈비전복이야 전복갈비야
3개씩 까놓고 앉아서
은은한 술 향기가 자리를 한층 더
맛을 돋군다.

S 사장 시승차

낡은 자동차 내버리고 신형 세단차로 바꾸었다.
길들이기 위해서 달리는 곳이 강릉고속도로란다.
미리 고사술조로 발렌타인 30년산을 가져왔다.
시승 기념으로 호경빌딩 옥상정원에서 판을 벌렸다.
귀한 술이라 향기가 코털을 건드리니
금방 취기가 확 돈다.
마시는 술이 목구멍으로 술술 잘 넘어가니
길들이기 세단차도
술술 길이 잘 들일 것이다.

술과 씨름

기다리는 사람은 아직도 안 오시고
술 향기 그윽한 맛 입가에서 노누나.
바라보다 지쳐서 쬐금 반잔 마시니
발렌타인 30년산도 조니워커 블루도
싸움질 한다고 보해소주 골드가 시기를 한다.
너도 한 잔 마시고 나도 한 잔 마셨다.
맛보다가 취하여 보해 맛에 뽕 갔다.
발렌타인 30년산도 조니워커 블루도
고객들 앞에 나와 씨름한판 해보자.

배둥이 L

자네와 나는 억겁의 인연 따라 만난 친구 아닌가.
드넓은 천지 안에 강서구 내발산동에서
웃고 즐기며 걸어온 세월이 10수년이었네.
즐거운 시간도 모두 다 가져가지 못하는데
열쇠 없는 대문으로 발길 막았으니
친구 모습이 멀리 바라다 보인다.
나 혼자가 아닌 우리들이 함께 사용하는 운동장에서
기울어진 자네의 생활로 멈춰서니 부끄럽다.
먼저 학교에 나가서 식수대 닦아놓고
선생님께 찾아가 뵙고 말씀 드리고
조조반 친구들 만나서 사과하시게
자네가 할 일이네.
우리의 삶은 멈춰서면 만나기 어렵네.
이런 게 늙은이들의 삶이 아닌가.
새벽에 배둥이 욕쟁이가 운동장가에 서서
서성이는 그 모습이 눈에 선하다네.

뚱보 L 친구

철없는 것인가
고집부리는 것인가
벌써 우리가 닦아났지.
배둥이 오줌냄새가
학교 안에 번져서
어제도 닦고 오늘도 닦았었지.
사는 것이 다 이런 것이여?

S 대표 생일날

죽도록 사랑해주신 나의 어머니
길러주신 은혜에 감사드립니다.
보타진 가슴 치며 자식들을 애써 키워주셨습니다.
어렵던 시절에 고구마로 연명하시면서도
차디찬 보리밥 한 수저는 엄마가 잡수시고
따뜻한 쌀 섞인 한 수저는 내입에 넣어주신
어머니
지금도 그때 그 시절이 그립습니다.
어머니?
나의 어머니!

* 서영애 대표 생일날

제3부
돌아온
고향마을

사랑하는 어머니

어머니 사랑합니다.
어머니 내 말 들리십니까?
얼마나 멀리 계시기에
내 말을 못 들으십니까?
오늘은 어머님이 낳아주신
딸 서○애 생일입니다.
어머님
어린 시절 등에 업고 고추밭 매시고
허리가 끊어져도 맨땅에다
내려놓지 않으신 어머니
오늘이 어머니 딸 서○애
생일날이란 말입니다.
사랑하는 어머니 나의 어머니
이불 젖히고 어머님을 찾아봐도
안 보이십니다.
항상 곁에서 지켜주시던 우리 어머니
그리워서 보고파서 오늘도 불러봅니다.
어머니 우리 어머니!

고향 사랑

나의 고향 장흥 관산
여기가 정남진
오는 사람 가는 이도
쉬었다 가는 곳
계절 따라 들고 나는
정남진 우리 고장
인심 좋고 풍요로워
살기도 그만입니다.
먹거리도 넘쳐나고
인심도 고와서
우리 고향 찾아오소
대접 잘 해드립니다.

광주 가시는 길

강원도 태백산골 부엉이 친구가
새벽 4시에
깊은 밤 정적 깨고 광주로 떠났다.
가곡천로 계곡 따라서 태백시까지 도착했다.
구닥다리 헌차 세워두고
광주행 버스타고
6시간 달려가야 도착한다 하네그려.
태백산 산신령 L 도사님이
광주시민 가슴속에다 사랑심령 담아주어
한마디 한걸음이 보약이었네.
가시는 곳곳마다가 금빛 찬란해
이름 석 자 L 선생님을
광주에다 심었다.

송이버섯 효험

팬티 속에서 뭉클하게
송이가 숫아오른다.
밤마다 잠 못 이뤄
살 수가 없다.
한 개도 아닌 10개나
화로 불에다 구워먹었더니
새벽마다 이놈의 몽둥이가
텐트촌을 만든다.
송이송이 솔송이
조석으로 구워들면
아들 딸 구별 없이
열 명은 걱정 없다.
들으시오 국무총리 나리
송이부터 키우시오.
국민들 몸이 허해
밤일을 못합니다.
하루속히 보약송이로
인구를 늘려 봅시다.

권력이란 이런 거야

비리를 눈 감는 자 지옥을 가고
비리를 덮어둔 자 다음이 없다.
알고도 덮어주니 그 죗값이 무엇인가?
사고치고 삥땅 쳐도 눈을 감아 주었다.
그대는 가리라 강서구를 떠나리라.
힘 있다 권력 있다 말들을 해도
옳은 일 그른 일도 모르는 사람들이
높은 자리에 앉아서
정치를 하는구나.

이중 잣대

마음속의 잣대는
정확한 것을 아는데
눈앞의 잣대는
이중 잣대이다.
튼튼한 다리는
너도 나도 건너가나
낡고 허름한 다리는
너도나도 피해간다.
정교하게 만든 기계
수명도 길지만
기성품으로 만든 기계
10리도 못 간다.
사람속의 사람들은
너나 나나 똑같은데
사람다운 사람은
찾아보기가 힘들다.
무겁고 가벼운 것은
들어 봐야 아는데
앞에 있는 상품 보면

겉만 보고 가져간다.
세상살이 이치가
어느 게 진리인가?
이중 잣대 그 마음
바로 세우면
옳은 길을 찾아가서
행복하게 살리라.

오고가는 삶의 길

사는 것이 모두 모두가 이런 것이여
날이 갈수록 눈이 침침해지고
몇 자 쓰거나 읽어 가면 눈이 침침해진다.
나날이 좋아지진 않겠지만 살아온 동안
무리를 많이 해서이겠지.
시간 시간 보내면서 쪼개고 나눠서 읽고 쓰고
짬짬이 화단에 풀도 뽑고 물도 준다.
친구들 찾아오면 차 한 잔 마시면서
나누는 정담이 나이 들어 사는 즐거움이다.
그동안 사회를 위해 봉사해온 일들이 자랑스럽다.
시간이 날 때는 글줄 읽어가면서 한없이 깊어진
인생의 진 맛을 맛보며 감정의 기쁨도 슬픔도
가슴속에 담곤 한다.
살아온 옛 추억과 이야기 하면서 울고 웃는
나의 즐거움이 행복하다.
내 정신과 눈이 환한 웃음으로
환한 빛으로 승화되었으면 얼마나 좋을까!
더 많은 글속에 묻히고 싶다.
그러나 몸이 허락하지 않는구나.

한밤중에도 쓰고 또 쓰고 하루 종일 읽고
또 읽어도 몇 자 읽고 쓰는 것뿐이다.
마음은 담장도 뛰어넘지만
낡은 몸뚱이는 낮은 문턱 넘기도 조심히 간다.
오늘밤 침침해진 눈으로 글 몇 자 적으면서
대대로 내려온 집안 이야기도 몇 자 써봤다.
막내아들이라 우리집안 종손 지기봉과
이야기를 나누었다.

바이칼 호수

바이칼 호수 물결 타고 뱃머리에 앉아
보드카 술잔에 천년만년 살자고 기분들을 냈다.
이역만리 러시아에 날아와
우리들의 희망을 여기에다 심는다.
이역만리 고향 떠나 걸어오신 조상님들의 삶이
눈보라 헤치고 시베리아 황무지에다 터를 잡았다.
고려인들의 정신 심어놓았으니 그게 바로 오늘이어라.
대한민국 무궁한 발전 바이칼 호수에 띄워놓고서
잎새주 없는 보드카 술 한 잔에
장영성 지현경 서영상 홍성진 임정진 권오복
쌍쌍이 선상에서 오물(민물고기 이름)로
보드카와 한 잔씩 축배를 하였다.
호수는 앙가라강에서 바이칼 호수가 나뉘었다.
636㎞ 기나긴 강이라 바다 같은 호수였다.
지구상에 남아있는 민물의 2/5가 여기에 살아 숨 쉰다.
맑은 청정수 호수 물 한 잔 떠놓고 사진 한 장 남기면서
물을 한 컵 마셨다.
그야말로 환상의 맛이었다.
내가 언제 또 올거나?

떠나기 전에 이스트방카 마을식당에 앉아
러시아식 음식으로 함께 분위기도 먹었다.
돌아서려는데 민속촌에 들어가니
가이드가 설명을 한다.
옛날에 군인들이 살았던 집 모형을 본떠서 지어놓고
설명을 해줬다.
영토를 확장하기 위해 오지에다가
군인들을 배치시켜놓고 뒷바라지를 특별히
잘 해줬다고 한다.
러시아 정부를 다시 생각하게 한다.
세계 제일의 영토대국 러시아
정부가 지금도 큰 꿈을 안고
세계를 누비고 있다.

* 2018년 추석날 귀국

루스키 섬

건너는 다리마다 철 줄(로프)로
걸어놓고 루스키 섬 자랑하며
러시아를 뽐낸다.
2차 대전에 쓰던 포를
섬 어귀에 감춰두고
수많은 왜구들을 침몰시켰단다.
비극의 전쟁이라 서로가 망하니
굶주려도 전쟁물자만 만들고 있었다 한다.
낡은 함포 설치해두고
관광객을 부르니 참으로 가련하구나
루스키 섬 주민들이여!

옥돌 술잔 6개

발렌타인 30년산이 웃고 간다.
러시아산 최고급 벨루가 보드카도 따라 웃는다.
한국의 명(좋은 안주) 안주들이 춤을 추니
배석하신 님들은 추석다운 추석일세.
호경빌딩 옥상정원에 만개한 천사의 나팔꽃 3형제
그윽한 향기 속에서
러시아산 옥돌 술잔에다 한 잔 마신다.
벨루가 보드카와 발렌타인 30년산이
잔속에 들어앉으니
유유히 노니는구나.

지기봉 장조카가 전화를 했다

장조카 목소리였다.
왕래가 없었던 우리집안 장조카였다.
묻는 것은 선영을 모시는 재산처분으로 물어왔다.
아버지 생전에 제사를 모시는 제사답은
집과 논, 밭, 임야는
집안 대대로 내려오는 문중 재산으로 제사를 모시는
종손 앞으로
유산을 모아 승계해야 한다고 누누이 말씀하셨다.
현재 큰 형님 앞으로 명의가 일부 되어 있어
그 재산은 직계 조카들끼리 나누어 가졌다고 한다.
그리고 나와 누이들 그리고 작은형수가 살아계셔서
권리가 모두 있어 물어온 것이다.
나는 즉시 누이들께 문서로 제사답을(유답)
어떻게 했으면 좋겠는가라고 물어서
처리하기 바란다고 하였다.
제사답(유답) 관리는 둘째 조카 지성근 앞으로
이전했다고 한다.
면적도 얼마 줬는지 임야(평), 논(평), 밭(평) 집을
줬다고 한다.

장흥 지씨 가문은 우리 집이 종가 댁이라 400년 역사를
간직해온 우리집안이다.
나의 생각은 이렇다.
모든 재산은 대대로 내려온 집안 종손 앞으로 넘겨주고
선조님들의 시제와 일가친척들이 한 번씩이라도
다녀갈 수 있게 자리를 지켜가야 한다.
그러기 위해서는 종손이 그 자리에 있어야 하고
가문을 지켜가야 한다.
후손들을 위해서 가문의 역사도 가르치고 해야
후손들도 잘 살고
인물도 나오리라 생각한다.
그런 생각에서 누구라도 선산과 선영을 모실 자가
유답을 지키고 제사를 모셔야 한다.
마지막 막내아들의 의사를 전한다.

추석절

쓸쓸한 추석날 고향 선산에 내려가
어머님, 아버지 묘소에 참배도 못하고 외롭게
옥상 정원에 앉아 고향을 그린다.
친구들 찾아와 점심도 거르고 잎새주 한 잔 마시니
고향이 더 그리워진다.
천사의 나팔꽃 3형제가 노란꽃 하얀꽃은 향기가 나는데
붉은 꽃은 한이 맺혀 향기도 없다.
떨어진 낙엽 속에다 나를 담고 지난날 회상하니
그림자마다 흠 자국이라 부끄러워진다.
나도 가고 세월도 가고 이번 달은 시베리아도 가보니
옛 선열들 눈물이 횡단열차에 흘렀더라.
밤 잠 설치며 달리는 기차 속도는 시베리아를 가르고
11명의 친구들을 향수에 젖게 했다.
돌아온 대한민국 우리 땅은 안방이라서
지친 몸 내딛으며 여독을 풀었다.

러시아 루스키섬에 또까레스키 등대

동양에서 최초로 설치된 등대였단다.
맑은 하늘은 바다를 비추고 우리들은 관광을 하고 있다.
지난날 무시무시했던 그 한 페이지는 어디로 가버리고
우리가 지금 또까레스키 등대 앞에 서서 자유로이
관광을 즐기고 있는가!
세상에는 영원한 것이 없다.

＊ 2018년 추석 전날 4박 5일 러시아 관광 다녀왔다.

영광의 날

가까이서 멀리서 굽어보는 세상
눈을 뜨면 넓어지고 가슴 닫으면 한 조각 구름이다.
100년을 살아도 다시 천년을 산다 해도 마음의 문이
가리면 헛세상이다.
짧은 인생 100년 1,000년을 볼 수가 없어 담아둔
머리끝이 삼라만상을 넘나든다.
보릿고개 풀뿌리도 한켠을 지켜줬으니 인간사
사는 것이 별것 아니다.
넘나든 현생 이생이 오늘 우리가 아닌가.
밝은 미래의 비전이 빛나 새 세상에 들어섰다.
한 조각 쌀 한 톨 나누면 영광 그날이 오리라.

닳아진 그릇

초야에 묻힌 몸이라 담아둔 그릇에 녹이 슬고
달음박질 뛰는 신발이 때가 묻지를 않네.
펼쳐진 광야에 벼 이삭들이 파도가 치니
만백성들 주린 배가 따뜻한 옷을 입었다.
가련한 사람들은 낙엽 저무는지도 모르고
동분서주 날뛰면서 세상을 짓밟는구나.
작은 눈이고 큰 눈이고 아련한 기억들 담겼으니
오리라 밝은 미래가 초야에 묻힌 그릇에서 오리라!

그리운 부모님

먼 산 바라보시며 한없는 넓은 곳으로 떠나시던
아버지 모습
그날이 1988년 대한민국 국제올림픽 체육대회가
열리고 있던 중이었다.
나는 김포공항 앞에 서서 외국인들을 안내하고 있던
중이었다.
비보를 받고 고향으로 달려갔다.
그날이 음력 1988년 8월 17일이다.
아들 3형제 중 큰아들 길수, 작은아들 용수,
3남 막내 현경이가 아버지 유언 말씀 들었다.
유답(제사답) 집과 논과 밭과 산을 잘 관리하고 선영
잘 모시라고 하시던 말씀이 있었다.
살아생전에 하시던 아버지 말씀 되새기며 조심조심
열심히 살아가고 있다.
사람답게 행실 잘 하고 베풀면서 살라 하시던 아버지!
오늘이 아버지가 우리들을 보살피시다가 손을 놓고
먼 곳으로 떠나시던 날이다.
우리 가족들 모여 앉아 아버지를 생각하면서
소찬이나마 준비하였다.

편안히 마음껏 잡수시고 극락에서 편안하시옵소서.
아버지 가르침대로 우리들은 열심히
살아가고 있습니다.
부지런히 일하고 바르게 살면서 항상 베풀라 하시던
아버지!
소자 아버지 말씀대로 살아가고 있습니다.
아버지 어머님 끝없는 세상
형님들도 먼저 가시고 막내가 우리 가문을
지키고 있습니다.
선영 잘 모시고 있습니다.
걱정 다 잊으시고 극락에서 편안하시옵소서.
자손들 모두가 잘 살아가고 있습니다.
아버지 어머님
얼굴보고 말씀드리던 마지막 밤 그날이 오늘입니다.
자손들 앞날에 서광 내려 주옵소서! 아버지 어머니!

어머님 사랑

메밀 갈아 전을 부쳐주시고 물에 불린 콩 갈아
두부 만들고
볶은 콩 갈아 찹쌀떡 인절미 만들어 주셨다.
어머니 사랑담은 정성어린 맛난 음식이었다.
명절 때마다 제사 때마다
어머님은 눈 코 뜰 새가 없이 바쁘셨다.
곁에 앉아 한 점 받아먹고 또 한 점 들고서
동생들과 친구들과 하루 종일 나가 놀았다.
가는 세월이 아쉬워도 붙잡지 못한 우리 어머니
지금은 편안하실 거야!
고생고생 인생살이 자식들 위해 보낸 세월
고생이 낙이라고 늘상 즐거워하셨던 우리 어머님
하시던 일 내려놓고 가신 그 자리는
텅 비어 있습니다.
어제가 아버지 기일이었지요.
부모님 생전에 편히 모시지 못한 우리들입니다.
옳은 길로 인도하여 주시고,
자손만대 길이길이 보살펴 주시옵소서!
어머님!

바보들 향연

일생을 살아가도 아무것도 모르고
바뀌는 세상을 따라가지도 못한다.
읽고 쓰고 듣고 보니 발 빠른 세상이 오늘인데
흘리고 빠뜨리고 남겨두고 가버린다.
100% 우리들 삶이 허점 투성 아닌가!
바짓가랑이에 흘린 오줌이 나를 보고 웃고 있다.
바보가 따로 없다. 늙으면 바보니깐
잘 나갈 때 큰소리 칠 때 앞에 서 있는 사람들아
반질한 양복에다 넥타이로 위장하고
마이크 잡고 큰소리치니 바보들의 연극 아닌가!
잘난 놈도 못난 사람도 까밝히면 맨발인데
소리소리 큰소리로 잘 났다고 얼굴 내 놓고
나이 드니 때는 가버렸다. 바보 같은 사람들아
인생이란 이런 거야. 바보들의 향연일세.

돌아온 고향마을

추석 뒤끝에 아버지 제사 모시고 고향 선산에
성묘 갔다.
풀뿌리는 그 풀들인데 소나무는 많이 커 버렸다.
옛집들은 허물어져 흔적만 남아 있고
반겨주시던 어머님 친구 분들은 극락가신지 오래였다.
마을 지키시는 고향 분들 얼굴보고도 몰라봤다.
손잡고 나가 누구여?
나가 쌍쇄 마누라여! 하신다.
몰라보는 내가 늙었는지 아주머니가 변했는지
핑 도는 눈물이 가슴을 스쳐 지나간다.
일손을 멈추고 모이신 60여명 마을 분들이
손을 잡고 반겨주시니
어린 시절 인사말이 눈물로 변했다.
고향 떠난 지 52년 내 청춘은 가버리고 갈 때마다
한두 분씩 얼굴들이 안 보인다.
포도주 한 잔씩 권해드리면서 옛 이야기를 들으니
뜨거운 가슴속에 추억들이 맴돈다.
집집마다 드나들 때 빨간 고구마 쪄 주시던 그 손들이
나무껍질로 변하시고,

곱디곱던 그 얼굴도 주름으로 덮어 버렸다.
어 야?
내가 더 늙었는가?
자네들이 더 늙었는가 모르겠네!
친구도 선후배도 할머니들도
언제까지 그 얼굴들을 만나볼 수가 있을까?

＊ 2018년 가을 우리 동네 분들 모시고 옛이야기 나누었다. 나누는 이야기
   마다 눈물 뿐이었다.

삶의 방향

걸어오고 걸어간 길이 서로 나뉜다.
그대는 어디로 가시는가?
산천은 푸르러 새소리도 구성진데
그대는 지금 어디로 가시는가?
우리네 갈길 험한 세상
살길 찾아 헤매네!

고향 방문

청명한 날씨에 고향 찾아가니
추억은 나를 부르고 한 친구는 잔디 속으로 숨어버렸다.
선배도 아주머니들도 서너 분이 가셨다 하는구나.
뒷산 언덕 위에 봉우리들이 여기저기 생겨나고
없었던 비석들만 장승처럼 우리 동네를 지킨다.
들녘에는 농부들이 한 사람도 보이질 않고
누우런 벼 이삭들만 고개 숙여 나를 반긴다.
한참동안 뒤적뒤적 골목길을 걷노라면
주인은 어딜 가셨는지 알밤들이 길바닥에 널려 있다.
주렁주렁 대봉들도 축 늘어져서 나를 보며
힘들어 하는구나.

K 사장님

세차는 끝났는데 오질 않는 그 사람
기다리다가 지쳐서 눈을 감고 앉아 있다.
기다리는 그 사람 K 사장님
고향 방문하고 900㎞ 돌아와서도 젊음이 넘친다.
호경빌딩 옥상에서 다시 만나서
고향 분들과 나누던 이야기로 꽃을 피운다.

＊ 친구와 함께 다녀온 고향길

기다리는 옥돌 술잔

전봉운 없는 자리는 술맛도 없다.
발렌타인 30년도 맛이 안나니
어서 와서 옥상에 앉아 두 잔만 드시게
천사의 나팔꽃도 자네 기다리고 있다네.
피자 안주 훈제 치킨도 준비해 두었으니
식기 전에 꽃향기와 말아서 한뒈 잔 드시게!
러시아산 옥돌 잔이라 건강에도 최고라네!

못난 인생

오늘도 들리는 사람은 한 사람도 없다.
지나가다가 잠깐 쉬어가는 이도 한 사람 없다.
가을하늘은 맑고 푸른데 먹고살기가 바빠서일까?
죽지 못해 직장에 나가 일해 먹고 살기 위함일까?
문패 없는 사무실인데 때가 되어도 안 오네.
인생살이 헛세상 살았네 내 신세가 처량하구나.
찾아오고 미리 오고 선약도 있었는데
그 사람들 다 어디가고 찬바람만 부는가!
그래도 누가 올까 기다리며 천사의 나팔꽃
흔들어서 꽃향기로 자리를 닦아 놨다.
1시가 훌쩍 넘어 배 한 조각 깎아놓고
문재인 대통령과 김정은 두 정상을 바라본다.

제4부
어머니
우리 어머니

지 회장님!

고요한 밤에 마음의 향기를 담아
모든 이에게 향기를 주시니
이보다 더 아름다운 향기가 어디 있을까?
나팔꽃 향기처럼 사시는 지 회장님이야말로
진짜 멋쟁이십니다.
지 회장님!
오늘도 절대긍정과 감사한 마음으로
승리하시길 바랍니다.

(이길도 구역장)

민들레 정력

이른 봄에 얼굴 내밀고 꽃대 올려 갓털 날리더니
여름 들자 숙면에 들었다.
뜨겁던 금년여름 뙤약볕 내리 쬐일 때
무성했던 잎 내버리고
땅속에 들어앉아서 여름을 피했다.
사람들이 추석준비에 분주한 틈을 타서
기지개 한번 쭉 펴고 또다시 새순 밀어 올렸다.
시원한 바람 옷깃 적시며 한밤 자고 한 잎 나오고
두 밤 자고 동생 나오고 여러 날에 봄을 연상시킨다.
1년에 두 번씩이나 자란 너의 근력이 무엇이냐
비법을 말해다오.
세상이 급변해서이냐
정치판이 시끌벅적 시끄러워서이냐
아니면 천지가 진동해서 너를 재촉했느냐
봄바람에 갓털 날려 종족 뿌려놓고
가을바람에 푸른 잎사귀로
나의 옥상 정원을 꾸민다.

내가 누구인가?

말도 글도 모르는 내가 연필을 들고
백지에다 줄을 치니 앞뒤가 뒤섞인다.
우리말 우리글을 알지도 못 하면서
글을 쓴다고 폼을 잡고 줄을 긋는다.
글줄 따라가니 문자가 춤을 추니
앞뒤가 두서없어 잡글이 되어버렸다.
그래도 글이라고 주야로 써본 글이
꼬리 달고 따라간 글줄에 한마디 있어
눈물 흘리고 심금도 울린다.
너도 나도 겪어온 고생들이 가슴을 쳐도
나오라는 시는 맴돌며 잠을 자 버린다.

M 교수님

시원한 말씀이 귀를 열어 주셔서
방방곡곡에 메아리쳐 귀뚜라미도 듣는다.
작은 것 큰 것도 무게를 잴 수 있게 하시고
가르침이 낮은 곳에도 잔잔하게 들린다.
교수님의 음성도 카랑카랑 하시지만
양파껍질의 진리 말씀들이 나를
깨우쳐 주셨다.
내가 누구여?
한켠에 파묻혀 살던 사람을 눈뜨게 하신 K 고문님
손을 잡아주신 P 회장님
정열의 명강의 M 교수님
고맙습니다. 감사합니다. 건강을 빕니다.

사람들

사람이 누구인지 인품을 가려보고
이 모습 저 모습을 살펴본다.
때를 같이한 시대에 몇 사람 찾아 만나고 대화하면
즐겁고 멋진 삶을 뿌리까지 서로 나눈다.
일상에 통하지 않는 사람들은 물과 기름이라 멀리하여
돌아가는 달력도 함께 따라가지 못한다.
어제 만난 사람들도
오늘 만난 사람들도
한두 가지 짊어지고 기쁨 가득히 순간을 기다린다.
그 속에 건강도 행복도 오늘도 기쁨도
가득가득 담겨 있다.
이것이 사람들의 사는 맛이 아닌가!

동동주 애향

가도 가도 흘러서 가도 끝이 없는 세월이 가네.
흘러간 지난 세월에 마셨던 동동주 그 맛이
옛적에 우리 할머니 묵은 솜씨였었다.
올망졸망 초가집 건너서면 동네 할머니들도
설날 돌아오면 솔잎 동동주 담가놓고
동네 사람들 불러 모아 맛을 보라 하시었지.
오늘 그 맛 다시 보니 향기가 죽여준다.
고향이 그리울 때도 외롭고 힘이 들 때도
동동주 한 잔 마시고 괴로운 마음 달랬었다.

어머니 우리 어머니

어머니 곱던 그 손이 오늘 보니 어머니 얼굴입니다.
무 배추 심어 두시고 아침마다 물주시던 어머니
보드라운 파아란 잎이 어머니 얼굴이었습니다.
기나긴 수 세월 무더운 뙤약볕 아래서 김을 매시던
어머니
심어둔 배추가 가을되어 속이 여물었습니다.
겉잎은 노랗게 물들어 찬찬히 들여다보니
어머니 얼굴 닮았네요.
우리들 학교 보내 주시고 시집 장가 보내주시던 그날
어머님은 기뻐하셨습니다.
손자 손녀 보시던 그날은 최고의 날이었습니다.
돌아보니 어느새 어머니 얼굴에 저승꽃이 피었네요.
한 점 필 때 큰 아들 낳아 길러주시고
두 점 필 때 둘째 딸 낳으셨습니다.
8남매 낳아 길러주시고 돌아서니 벌써
어머님은 풀잎으로 갈아 입으셨습니다.

25회 축제

25년 전 우리들은 정치판에 휩쓸려 천대받던
호남이었다.
가는 곳마다 괄시하고 자리도 차별받던 사람들
제 아무리 잘해도 밟아버렸다.
하루해도 함께 해주는데
호남 사람들만 냉대 받고 살아왔다.
직업이란 직업들은 막노동뿐이었다.
공사장 일, 술집 일, 식당 일, 공장 일, 청소하는 일
허리 펼 날이 없었다.
가는 곳마다 고된 일에다 품삯도 적었다.
살기가 팍팍해서 밤잠을 설치며 울었다.
먹고 살기가 어려워서 고향을 떠나 서울로 왔다.
그럭저럭 살다보니 밥술이나 뜨고 산다.
아는 것도 없고 쥐는 돈도 없고 줄도 없던 시절에
갈만한 자리도 없었다.
그럭저럭 살아온 길 최선을 다하였다.
지금도 정신 못 차리는 호남 사람들
이들이 판을 치니 미래가 걱정이 된다.

명진 스님 그림자

나는 기러기야 어디로 가느냐
끝도 없는 바다 위를 누굴 찾아가느냐
외롭게 홀로 날아서 가는 곳이 어디냐
붉은 노을 바라보며 홀로 가니 애처롭다.
기러기야 기러기야 북쪽으로 날아가서
우리 동포 만나보고 소식이나 전해다오.

세월 25년

권력이 밟아버리고 고개 들어도 밟아 버렸다.
호남사람들 모이는 곳이면 틀림없이 형사가 있었다.
가는 곳마다 모이는 곳마다
뭣담세 모였냐고 꼬치꼬치 따져 물었다.
요것이 화가 나서 호남향우회가 탄생했다.
고향이 그리워서 운동장에 호남사람들이 모여들었다.
고향 소식도 전해주고
아제도 한 잔 하소 막걸리 한 사발 권한다.
보드랍고 매콤한 안주로 한 잔 더 하고
할머니 소식에 눈물이 난다.
이것이 호남 인심이여
남도의 정이랑께.
괴로울 땐 한 잔 두 잔에 흥겨운 진도아리랑이
달래준다.
객지 생활 54년에 강서구 호남향우연합회로
몸을 던지고
꾸역꾸역 버티어 온 길이 25년이나 가버렸다.
자라난 새싹들은 여기저기서 꽃피었다.
강서구를 주름잡으니 이것이 호남향우연합회다.

가는 곳마다 기쁨이라
대를 이어 물려주잔께
여기가 제2고향
강서구 호남향우연합회란 말이오!

낮 12시

점심은 안 먹었는데
배는 어디로 갔나
텅 빈 사무실을 혼자 독차지하고
16,000개 귀 신경 털이 TV를 듣는다.
약에다 얹어먹은 약이 강해서 어질어질하다.
가만히 의자에 누워서 귀 속 털만 못 살게 하는구나.
한 달 동안 옆구리가 뻑찌근하고
염증으로 목소리도 털털하여
홍익병원 처방전에 겹쳐먹어도 된다 하더니
자고나니 어지러워 술 한 잔도 멀어진다.
기다리면 되겠지 누가 오면 낫겠지.
조용한 오늘 고요한 사무실에 말 하는 사람도 없다.

허 무

티끌만한 지구를 타고 앉아서
저 멀리 우주를 바라본다.
임자는 누구인가?
블랙홀이 지구로 가까이 다가오고 있다.
종잇조각도 돌조각도 모두다
삼켜버리는 회오리 블랙홀
이 땅이 영원히 사라질 것이다.
백사장에 앉아서 하늘을 바라본다.
우리는 어디로 갈 것인가?
끝없는 우주를 정복해본들 강가에 개미집과 같다.
반짝 거리는 저 별들을 할아버지도 아버지도
보고 사셨다.
저 별은 나의 별 저별은 너의 별 이름도 써 봤다.
한 순간에 사라질 저 별들의 운명
임자는 보인다. 영원히 사라질 그 날이
강물 위에 단풍잎 띄우고 개미와 친구하며 가고 싶다.
저 별을 보면서 끝없는 허공으로!!!

고스톱 일생

산 백수들 모이는 자리가 고스톱 방이다.
어느 놈은 허리가 휘게 돈 벌어다가 조르고
어느 놈은 유산 받아서 일생을 쪼인다.
손 안에 감춘 화투장이 남의 돈을 노린다.
왠종일 할일이 없어 고스톱으로 시간을 보낸 그들
눈도 귀도 닫혀 있어 세상 돌아가는 정보도 어둡다.
비스킷 키만 한 그림 가지고 즐기는 화투장
쓰리고 한번 부르고 나면 온 세상이 제 것인 양
그 손맛에 하루 종일 무릎이 다 썩는 줄도 모른다.
몇 방을 얻어맞으면 돈이 다 떨어져 뒷전으로 물러앉는다.
아침에 나올 때는 공과금 낸다고 들고 온 돈을
잔돈 한 푼 남김없이 몽땅 날려버린다.
마지막 한수 노려보고 또 친구 돈을 빌려다가
그 돈마저도 날려버렸다.
슬며시 나가서 참았던 오줌 다 쏟아내고
가만가만 단골집으로 발길을 돌린다.
외상술로 마음 달래고 허송세월을 원망한다.
슬프도다 가련하도다 멍청한 님들아
못 먹고 못살면서 남겨주신 땅 뙈지기로 부자가 되더니
일생을 할 일 못 찾고 살다가 고스톱으로 마감하는구나.

친구들

세월 가니 잊어질까 양주 맛 그 향기
두 가지 양주 맛이 어리석은 코와 입을 속인다.
그 틈새에 끼어드는 문어발이 들어와서
잎새주가 고향을 부르니 우정회가 반갑구나.
오늘 오후 5시에 옥상정원에 번개 치니
감춰 논 양주 내노라고 소국 향기가 부추긴다.

P 후배

자꾸만 쪼개지는 시간 아껴 쓰며 사시게
나노로 부서지면 쓸 수가 없다네.
젊은 기백 지나가면 처지는 것은 몸뚱이뿐
새 신을 사서 신어도 닳지 않으니 말일세.
자꾸만 밀려오는 시간들 소중히 아껴 쓰시게
가끔씩 우리가 만나면 시간이 훌쩍 가버리네.
가는 곳마다 친구들이 자네를 부르니
언제나 그 모습으로 P 이름 남기시게!

친구 색동옷

색동옷 입고 나를 놀리니 너의 마음을 모르겠다.
차디찬 땅속에서 잠자던 친구가
땅 문 열려 고개 들고 얼굴을 내밀었다.
배추색 떡잎 이고 함께 나왔던 친구가
구름 끼고 비가 와서 잠깐 들어가 쉬었더니
너는 언제 예쁘게 색동옷으로 갈아입었나?
청춘도 한때라 벌과 나비 불러 모아
마음껏 즐기며 씨방을 가득 채워라.
가을하늘 살랑 살랑 바람이 불면 씨방 열어
멀리멀리 출가를 보내라.

소리가 난다

작은 것이 소리가 잘도 들린다.
가느다란 소리가 영롱하구나
얇은 너도 한소리 해 보거라.
높고 낮은 음색 음소에 관중들이 울고
박수치며 춤도 추고 기뻐들하는구나.
울리는 소리마다 가슴을 때리니
덩치가 큰 친구들이 질투를 한다.

아름다운 세상

하늘은 무주공산 자유로운 세상이다.
주인도 없고 자유로워 내 세상일세.
세상에 태어나 함께 살라고
하느님이 이름 붙여 마음껏 쓰라 했다.
새들도 창공을 날으며 우리와 함께 살려고
아름다운 목소리로 노래를 부른다.

속마음

깊은 물속에 노니는 놈이 너는 누구냐
나무위에 앉아서 노래 부르는 너는 또 누구냐
절색 미인 마음 모르듯 알 수가 없구나.
이 세상 저 세상 살다간 그들도 모르고
우리도 살다보니 가려진 진주를 못 찾는다.

S 친구

장난꾸러기 데려와 판을 깨 버렸다.
생각하고 친구 S 주려고
30만원 주고 산 양주 남겨 왔더니
장난꾸러기 데려와서 판을 깨 버렸다.
다시는 오지 말라고 번개 쳤으니
너나 나나 마음 아파도 어쩔 수가 없다.

고향 그리워

고향 돌아보니 옛 모습이 그립구나.
그윽한 흙냄새는 그대로 남아 있는데
130여 호가 살던 그 사람들은 어디로 가셨나요?
어릴 적에 동네 어귀에서 소를 먹이고
논과 밭을 쟁기질로 농사를 지었다.
계단식 논둑 밭둑은 조상님들의 땀 둑이다.
수대를 쌓고 지켜와 우리 동네가 되었다.
고향 떠나 서울 온 뒤에 경지 작업 해버렸으니
논도 밭도 모두가 바뀌어 버렸다.
별똥을 주워다 논둑 위에다가 올려놓고,
이 돌은 별똥이여 말씀하셨다.
그 시절 어른들은 어딜 가시고
불도저로 밀어버려 형체도 없구나.
동네사람들이 마시던 공동 샘도 사라지고
물동이 이고 나르시던 아주머니도 보이지 않네.
명절에 찾아가 뵈면 반겨주시던 그 손길들
흘러간 세월 따라 극락으로 가셨네요.

흐르는 한강

언제나 얼굴 내놓고 유유히 흐르는 한강
천만의 시민들과 피고지고 함께 살아왔다.
선비가 지나다가 한수를 읊어
붓끝에다 힘주어 후대에 전한다.
시대상도 곡조로 전해주고
그림 속에다 애환도 말을 해 두었다.
간신들이 날 뛸 때면 시 한 수로 칼도 부러뜨렸다.
이 꼴 저 꼴 다 보고 흐르는 한강물
오늘도 인내하며 강화도로 떠난다.

묵은 당

자유한국당과 바른미래당은
고집불통 당이다.
날마다 거친 말에다가
행동마저도 날뛴다.
과거지사 망친 일도
이들이 만들었다.
지금도 못 차린 정신
어디 가야 병을 고치나
양방에서 못 고치면
한방으로 찾아가보소.

쓰디쓴 하루

디지털시대에 아날로그로 돌아간 사람들
S 회장 친구들이다.
낡은 질그릇을 가져와 옥상파티를 망쳐버렸다.
담아도 세 버리고 먹어 보아도 맛이 가 버렸다.
강서구에 이들이 산다하니 S 회장이 걱정이다.
주여 이들을 깨어나게 하소서!
주님 우리들을 기쁘게 해주소서!
호경빌딩 옥상정원에 주님 향기 가득하게 해주소서!

* 주님 : 술

물속의 세상

흙탕물 속에 살아가는 물고기 떼들
붕어 메기 피라미도 함께 살아간다.
가물치는 힘이 좋아 이들이 밥이다.
어슬렁어슬렁 기어 나온 자라가 목을 빼고
예쁜 피라미로 배를 채우고
느긋하게 낮잠을 청한다.
해는 뉘엿뉘엿 어두워지니
뱀장어 떼가 몰려나와
물위를 누비며 닥치는 대로 먹어치운다.
경치돌 틈새에서 살아가는 참게 가족들도
살기 싫어 죽었는지 싸우다가 죽은 놈인지
모두다 주워다가 먹어치우니 강물이 맑아진다.
물속의 왕자들은 쉴 새 없이 정화시키는데
사람들은 아무데나 여기저기다 오물을 버린다.

봉사란

— 문종현 후배에게

나를 버리는 것이네
평생 나를 내 던져야 그 뜻이 이루어진다.
답을 얻고자 하면 실패하고 만다.
때가 오면 얻고자 하는 것이 이루어진다.
가는 곳마다 가시밭길 오해도 따라다닌다.
각자가 보는 방향 따라서 오해도 하는 법일세.
그러나 나를 내려놓으면 아무 걱정 없다.
그동안 호남향우회를 위해 큰 떡잎을 찾았다.
기대했던 광○이도 실망을 주고
세 번이나 말을 바꾼 용○이도 실망을 했다.
이들은 큰 그릇이 아닐세.
강서구 호남향우연합회가 강서구를 이끌어갈 날이
올 것이다.
전국을 돌아서 강서에 안착한 호남향우연합회
문종현은 후배들께 어깨를 활짝 펴 주어야 한다.
지금까지 모진 괄시를 극복하고 걸어온 25년
눈물도 마르고 감정도 날아가 버렸다.
그 길이 상임고문님들의 땀과 눈물이 고여

이루어 놓았다.
역대 상임고문님들과 각종 회장님들
그리고 임원 여러분들의
흘린 땀방울이 맺혀 숭고하게 빛나고 있다.
그 정신을 기억하시게! 문종현 회장님
지금은 떠났지만 처음 출발할 때 어려웠던 시절에
나와 함께 따뜻한 손을 잡아주신
선후배님들 사랑을 잊지 말길 바란다.

25년 세월

기다리는 사람은 안 오고
낙엽만 떨어진다.
바람이 불어와 그마저도
쓸어가 버렸다.
쓸쓸하게 홀로 앉아
이날저날 기다리다가
떨어져 있는 열매하나
땅바닥에서 주웠으니
내년에 강서구에다 심어
잘 길러 보세.
싹이 트면 많은 수확 얻겠지.

05시 30분

새벽을 뚫고 운동장 대문을 열면
어둠이 아직도 조금 남아 있다.
가볍게 몸을 풀고 운동장을 돌기 시작한다.
어둠속에서 반짝거리는 것이 보인다.
한 번 돌고 두 번 돌아 그 자리에 다가서면
반짝이는 빛이 나를 부른다.
반짝반짝 빛나는 그것을 살짝 줍는다.
손에 잡히는 것은 100원짜리 동전 한 잎
40여 년 동안을 주웠다.
운동하고 청소하고 건강도 찾았다.

장대 목木

경각을 넘어 마지막 순간까지 일으켜 세운 장대 목
꽁꽁 잡아매고 한숨 크게 쉬었다.
회오리바람이 감고 돌아도 우뚝 서 있다.
찾는 이가 쉴 새 없어 문고리도 바쁘다.
가던 길을 걷다가 목재다리가 부러졌었다.
쉬어가고 또 쉬어 가는데 논객의 보따리 주시어
날다마 즐거워서 시간가는 줄도 모른다.
한 알 두 알 골라 담으니 세상이 온통 내 것이다.
경각을 넘어 돌아온 장대목 창공을 바라보며
소국 향기를 싣고 합정동까지 찾아갔다.
논객은 영원한데 발걸음은 노객이라
뛰어가 모셔 와서 옥상정원에 자리 깔아 놓고
지난날 큰 소리를 다시 듣는다.

* 노객 : 남재희 전 장관님
* 장대 목 : 저자

내 안의 길

나에게 주어진 시간이 얼마나 남아 있나요?
살아온 길이 흩어진 모래알이 되었다.
말소리 웃음소리에다 날려 보낸 내 인생
허물만 남겨 놓았다.
글 쓰고 그림 그리고 노래 부르며 낚싯대 걸머지고
들로 나가던 그 시절도 흰 구름 타고 멀리가 버렸다.
흙먼지 뒤집어쓰고 바짓가랭이는 물에 젖어
고무신 덮으니 희망도 없는 길을 웃으며 걸었다.
야~호 소리소리 메아리는 굽이쳐 지나가고
산골짜기 돌아와 내 등을 두드리며 집으로 가자한다.
흐르는 기억 밟으며 내 안의 님을 만나
희망의 꿈을 품었으니
3남매 낳아 길렀다.
차곡차곡 쌓여만 가는 눈금 지울 수 없어
새벽을 열고 어둠을 헤치며 운동장을 뛰었다.
흔들리는 팔 다리는 축구공을 허공에 날리니
젊은 시절 환호소리가 내 얼굴이 뜨겁다.
가는 세월 초침이라도 잡아보려 해도
하나둘씩 떨어지는 단풍잎 따라가는구나!

인생길

잡지 말라 가는 세월
너도 가고 나도 간다.
철따라 간 세월인데
어느 누가 막을쏘냐.
오고감은 생명이요
거리마다 만개로다.
한 순간은 찰나이니
서로서로 나눠주면
가는 길이 빛나리라.

옥상 파티에서

노란 꽃바구니 안에 들어앉아 색소폰 소리에 취하니
10살이 더 젊어진다.
울리는 소리마다 구성져서 옛 생각에 젖어들고
간드러진 음색에 가슴을 울린다.
최복수 형님 색소폰도 오늘 보니 고생을 많이 하였구나.
유미순 총무님과 함께 하신 악단 여러분들은
우리들을 즐겁게 읊어주시니
모이신 분들 모두가 야~ 잘 한다야 정말 잘 불러
따라서 칭찬해 주시니 내 마음은 더욱 빛났다.
복수 형님 미순 총무님
고맙고 감사합니다.
즐거운 시간이었습니다.
감사합니다.

* 강서구 색소폰연합회 회장 최복수, 총무 유미순

호경빌딩 하늘공원 오후

노란 소국 향기 속에 하루해가 어둠속으로 기울어간다.
87세 논객 모시고 역사 이야기를 들으니
날씨도 반기는구나.
한 페이지 한 구절씩 들려주시니 4시간이 훌쩍
지나가 버렸다.
말씀마다 다이아몬드 같은 생생한 기억들을
1950년 이승만 정부 시절부터 오늘에 이르기까지
녹취록을 들려주신다.
해가 짧구나 해가 짧아!!!
가리지 않으시던 술잔을 곁에서 쉬게 하고
역사를 생생히 들려주시니 김기철 전 시의원
김정록 전 국회의원, 문진국 국회의원, 김병희 회장,
이인두 고문, 박병창 고문, 권순택 KC대학 전 총장,
발산동 호남향우회원 여러분들,
최복수와 함께한 4인조 색소폰 연주와 서영상 합주로
자리가 더욱 빛났다.
남재희 전 장관님!
당신이 힘들여 배운 지식을 모두다 내려주세요.
채울 때는 당신의 재산이지만 가지고 떠나시면

도둑입니다 하였다.

요즘 어르신의 발걸음이 예사롭지 않았다.

날로 기력이 쇄하시니 마음이 불안합니다.

남재희 장관님 옥체 보존하세요.

올해 발걸음 같이 시간을 느리게 밟고 가시면

좋겠습니다.

존경하는 장관님 사랑합니다.

남재희 장관님!

호경빌딩 옥상 정원에서
– 남재희 전 장관님 모시고

오늘 참석해 주신 여러분!
바쁘신 가운데도 많은 분들이 자리를 빛내주셔서
감사합니다.
남재희 장관님 집으로 잘 모셔다 드렸습니다.
올해 87세로 걸음걸이가 남은 시간을
재촉하고 있습니다.
기쁘게 해주신 여러분!
Y 고문님 20만원과 발렌타인 12년산과
조니워커 술 2병
K 문화원장님 발렌타인 21년산 2병
K 전 국회의원님 조니워커 블루 1병
M 국회의원님
K 전 서울시의원님 대킬라 양주 1병
L 사무장님 귤 1박스
M 치과 원장님 견과류와 드링크 3박스
P 고문 발렌타인 17년산 1병
S 사장 장흥에서 주문한 한우 육사시미 10㎏
S 사장 20만원

C 사장 피자 5판

P 여성회장님 서빙 봉사

C 회장님 색소폰 4인조 연주회 봉사

많은 도움 주셨습니다.

그리고 발산동 호남향우 여러분들과 함께

즐거운 만남이 되어서 감사합니다.

장흥에서 아침에 특급택배로 운송해 온

한우 육사시미 10㎏와 발산식당에서 30여분

식사준비 등 많은 도움으로 국화향기 속에서

내가 제일 존경하는 남재희 전 장관님을

기쁘게 해드려 고맙습니다.

내 마음 항상 은혜에 보답하고자 가을이면 이와 같은

자리를 마련해 오고 있습니다.

모든 분들께 깊은 존경과 감사드립니다.

오신 분들께 다시 한 번 감사드립니다.

서로 나누니 즐거운 날입니다.

국화 향기

어제도 피었고 오늘도 피었다.
그윽한 국화 향기 속에 꿀벌 날은다.
사이사이 헤집고 파고드는 꿀벌 무리들
향기에 취해 꿀에 취해 빨던 꽃 또 빠네.
이름 모를 나비들이 주위를 맴돌며
소리 없이 정원을 휘젓고 다닌다.
60여 평 울타리가 소국 울타리라
잔디밭 한가운데가 도리방석 되었다.
어제도 피었던 꽃이 나를 반기더니
오늘 아침에 피는 꽃도 나를 반긴다.
땡볕에 심고 가꾼 꽃이 눈부시게 아름다워
벌과 나비들이 한마당 잔치를 벌인다.

홍시감

국화 향기 돌아앉아 잎새주가 감고 돈다.
꼭지 뿔난 대봉감이 작가손길 기다리고
어서 와서 만져주면 얼굴 붉어 홍시되리
여덟 형제 여름 피해 땡볕이고 견디었다.
찬바람이 살랑살랑 우리 형제 출가한다.

께복쟁이 친구 M

영국아 어릴 때 불러본 너의 이름이다.

너와 헤어져 얼굴 본지도 꽤 오래되었구나.

어린 시절 9살 한반 친구가 14살에 졸업하고 18살에

완행열차 타고 서울 갔지.

다시 서울에서 만났던 그때가 언제였나

영국아 너와 나는 고향 친구다.

어렵게 살던 어린 시절에 우리가 헤어졌지.

비좁은 슬레이트 방에서 칼잠을 자고 구멍 난 지붕

틈새로 별들이 보였단다.

추운 겨울에 3층 밥 먹고 간장에다 마가린도

비벼먹었지.

지난날이 꿈같구나!

고향 다녀올 때 너를 볼 수가 없었다.

우리 옛날 기억하며 자주 만나자.

너와 백운, 김덕호, 조원기, 염밭뚱살던 이금주(구, 백주)

만나러 밤 12시에 부산 갔었지.

그동안 김덕호와 이금주는 극락으로 놀러갔단다.

1989년 설날 발산동 우리 집에서 밤에 함께 내려가

해운대 백사장에서 금주와 놀다 왔던 추억이 생생하다.

지나간 기억도 하나둘씩 사라져가고 눈도 귀도
따라가니 참으로 허무하구나.
보고 듣고 말할 때가 얼마나 남아 있을까?
어린 시절 기억만 남고 힘들었던 시절은 잊혀져간다.
영국아 건강해라 고향가면 꼭 만나자.
친구 현경이가

늦게 핀 용설란

조그만 화분에 들어앉아서 목숨을 부지하고
살아온 용설란
노객(남재희 장관)의 손길 멀어 나에게 주셨다.
한두 해 살다가 큰 집으로 이사를 시켰다.
작디작은 용설란이 부쩍 크더니만
꽃이 피기 시작했다.
한여름 무더위에 피어 있는 하얀 꽃술이 왕관이었다.
이 가지도 저 겨드랑이도 세 번이나 관을 쓰고 나왔다.
사랑으로 키운 용설란이 선물주고 돌아갔다.

감아둔 실타래

시작과 끝이 보이면 그이가 도인이다.
우리들 삶이 감아둔 실타래
풀다가 끊어진 곳은 죽은 놈이다.
튼튼하게 풀리는 실은 건강한 사람들
돌고 돌아가는 곳이 어디로 가느냐
끝을 알고 가는 사람 그 사람이 도인일세.
뜨고 지고 피고 지고 돌고 돌아가는구나.
씨 뿌리고 열매 얻어 가는 곳이 어디메야
하나둘씩 쌓은 정성 끝이 안 보이는 실타래.

쭉쟁이 인생

쭉쟁이 그 손으로 누구를 부르느냐
아무리 불러 봐도 모이질 않는다네.
알갱이 듬뿍 담아 쌓아두고 부르면
참새 떼 모이듯이 벌떼처럼 모인다.
젊어서 쌓아둬야 쭉쟁이 신세 면해
이마에 주름질 때 알갱이 담아두고
여기저기 부르면 친구들이 모인다.

나의 공간

보지 않고 듣지 않아 조용해요
당신 얼굴 내 얼굴도 안보이니
세상에서 편한 곳이 이 자리다.
사람들은 좁은데서 뽕 나와서
너도나도 공간속을 좋아한다.
괴로울 때 슬플 때도 홀로앉아
좁디좁은 공간속은 나의 공간.

늙어간 내 친구들

노쇠한 근력들이 호경빌딩 옥상정원에 모여 앉아서
흘러간 추억의 노래 들으며 젊은 시절을 회상한다.
소국향기가 꽃 벌들 불러와 골고루 나눠주고 나니
어제 왔던 놈이 오늘 또 와서 국화꽃잎에다가
키스를 한다.
품어낸 향기는 옥상정원을 가득 채우니
친구들도 모였다.
12년산 양주 한 병 까놓고 비구승이 부르는
유행가 소리에
지나간 세월 힘들었던 과거가 나의 눈을 적신다.
부서진 세파 속에 괴로웠던 순간들을 묻어버리고
달리는 화물차 위에다 내 마음 고향으로 싫어간다.

호박꽃 촌놈

황토밭 향기에 매료된 호박꽃 촌놈
그대 한 발 두 발 내딛으니 이곳이 내 고향
장흥 관산 동촌일세.
물 좋고 산 좋은 고향 선산 아래서
대대로 황토 밟고 무럭무럭 자랐다.
찬바람이 등 떠밀고 떠난 자리에
물안개가 연못을 몽땅 차지해 버렸다.
제주도 친구 개나리가 봄소식을 전해주니
늦잠 자던 물안개는 산기슭으로 줄행랑을 쳐버렸다.
기다리던 봄바람이 집집마다 문을 열어주고
면사포 벗어던지고 내미는 얼굴들과
알을 깨고 손 발 내밀어 내딛는 노랑 콩도
언제 나왔는지 두 잎 세 잎 줄기 뻗었다.
낳고 크고 살면서 후손들 낳아 길러서
시장에 팔려고 맡겨두고 간다.
고향도 모르고 떠난 수많은 형제들
호박꽃 촌놈도 서울 가더니
한세월 그대 얼굴에 묵화 그려 났다.

건강한 사람들

밝은 마음속에 건강이 있다.
건강한 사람은 미래가 있다.
건강으로 가는 길은 바른 길이다.
마음이 바르면 장수를 한다.
이것이 우리가 추구한 삶이다.
미래를 내다보는 비전의 철학.

음양길

내 세상 살아가는데 너는 어찌하여 나를 괴롭히느냐.
넓고 넓은 세상인데 너는 어찌하여 나를 따라다니느냐.
보이지 않고 잡히지도 않는 것이 나를 힘들게 하는구나.
가는 길이 서광이요 희망의 나라로 찾아간다.
황소가 가는 길에 파리, 모기도 따라가고
인생이 가노라면 생로병사도 따라간다.
밝고 맑은 청정수수야 흘러온 길을 아느냐?
보고 듣고 밟아온 길이 험하지가 않더냐?
인생이 사는 것도 너와 같단다.
십리를 흘러가야 맑은 물이 되듯이
사람이 가는 길도 너와 같단다.
바람이 불면 구름이 따라가고
출세를 하면 잡음이 따라간다.
이것이 우리의 인생이란 것이여!

배은망덕

믿는 자도 등을 치고 배신을 한다.
그 사람이 누구인지 말을 안 한다.
아쉬울 땐 그림자도 안 밟던 이가
돌아서면 비방하고 요물을 부린다.
그들이 잘 되는지 때가 되면 알 것이다.
건식들하고서 곳곳을 누비니
속빈 강정 맛없듯이 나라가 걱정이다.
했던 일도 모르면서 금배지가 부끄럽다.
권력 끈 잘리면 어디로 붙을 건가?
의리도 다 버리고 돌아선 그들
끈 바뀌면 조아리며 꼬리칠 그 사람
등치고 간 빼 먹지 말고 자신을 돌아봐라
너 같은 놈 갈 날 시간이 급하다.

오늘밤 명상

별을 보니 떠오르네. 님들을 생각하네.
오늘을 살아온 것은 부모님 덕이었네.
73고개 넘는 것은 정직한 노력이고
우리가 가는 길은 전깃불 인생이다.
찬바람도 피해 가고 돌부리도 피해 왔으니
오던 길은 못가니 앞만 보고 가야 하네.
가진 것도 내려놓고 몸만 가면 가벼우니
몸에 붙은 못된 습관 떨궈버리고 가세.
마음이 건강해야 수명도 장수하네.
너저분한 이 몸뚱이 다 버리면 알몸뚱이
하나만 추켜들면 극락 천국도 보이네!

멀어진 그들

살기 위해 만나던 그들 안개 되어 하나둘씩 사라진다.
들락날락하던 그들이 자리 잡으니
먼발치 그들 목소리도 점점 사라져간다.
쓸 만해서 만났더니 실속 차리고 멀어졌다.
간혹 들리는 소리는 그들만이 조용히 속삭거린다.
까놓고 얼굴 내밀고 말을 하면 김영란 법도 무색한데
살기 위해서 어쩔 수가 없는 모양이다.
얼굴은 뽀얗고 가슴은 따뜻한 그들
돌아 돌아오는 그날은 그들이 여기서 발길 멈출 것이다.